U0058891

陸詩叢 第貳輯

楊小濱 茱萸 主編

預感

周欣祺——著

Selected
Poems
of
Zhou Xinqi

青年之著陸
——「陸詩叢」總序

文｜茱萸

　　在此呈現的是「陸詩叢」，每輯由六冊詩集構成。第一輯的六冊詩集已於二〇一九年問世，如今時隔數年，迎來了第二輯。接下來，還應該會有第三輯、第四輯、第五輯……在最初，我們規劃並期望，「陸詩叢」能夠持續不斷地將更多獨到的文本和獨特的詩人介紹給讀者，如今到來的第二輯，正是這種「規劃並期望」得以踐行的標誌，又一個新的開端。

　　揆諸現代漢詩的歷史，我們深知，基於「嘗試」的「開端」何其重要。而在該文體百年以來的發展進程中，「青年」始終扮演著至關重要的角色，現代漢詩的事業亦總是與「青年」相關——無論篳路藍縷的「白話詩」草創者，還是熔鑄中西的「現代派」名家，抑或洋溢著激情的「左翼」詩人，乃至兼收並蓄的「西南聯大詩人群」，都在他們最富創造力的青年時期，開始醞釀甚至開始成就他們代表性的作品。肇始於一九七〇年代末的大陸「先鋒詩」，亦發端於彼時仍是青年的「今天派」諸子對陳腐文學樣式的自覺反叛。這是文學場域仍舊富有生命力的象徵。此後的四十年間，在漢語世界，借助刊物、社團、高校、網路等媒介平臺，這個場域源源不斷地孕育出鮮活的寫作群體與個人。

　　作為此一脈絡的最新延展，出生於一九九〇年代、成長並生活於中國大陸而又不乏遊歷世界之機遇與放眼寰宇之眼光的年青詩人們，

在本世紀首個十年的後半期，開始呈現出集體湧現之勢。轉眼間已有十餘年的積澱，先後誕生了一批富有實驗精神的創作者。出現在本輯的六位「青年」，甜河、更杳、周欣祺、炎石、王徹之、曹僧，以及上一輯的秦三澍、蕀弦、蘇畫天、砂丁、李海鵬、穎川，即處於此一世代最具代表性的序列。

這些年輕的詩人，已在中國大陸、臺灣或者英倫、法國等地的知名院校完成了不同階段的學業，經歷過漫長的「學徒期」，擁有多年的「寫作史」，並已積攢了數量可觀的作品，形成了頗具辨識度的寫作風格。同時，他們亦獲得過不少權威的獎項，並在詩歌翻譯、文學批評或學術研究等相關領域開始嶄露頭角。他們是一批文學天賦與學術素養俱佳、極富潛力的青年詩人。

憑藉各自的寫作，他們已在同輩詩人中占據了較為重要的位置，經常受到大量詩人同行的認可，並擁有了一定的讀者規模——然而，由於機緣未到，在兩岸四地，他們並沒有太多使自己作品得以結集的機會。所以，本次出版的這批詩集，對作者們來說，具有不同尋常的意義。大家的關注和閱讀，更將是他們未來所能睹見的漫長寫作生涯中的第一個重要時刻。

這些詩，以及它們的作者，對臺灣的讀者來說，肯定還非常陌生。他們來自大陸，得以湊成第一輯的作者數量又恰好是六（陸），於是，我們乾脆將之定名為「陸詩叢」，並沿用了下來。他們平均在三十歲上下的年紀，是十足的「青年」，在大陸，則通常被冠以「九〇後」的名目。但這種基於生理年齡的劃分，目前看來並沒有詩學方面明顯的特徵或脈絡，能夠使他們足以和前幾個世代的詩人構成本質的區別。因此，毋寧從詩人的「出身」及「數量」兩方面「就地取材」，以之作為本詩叢命名的便宜行事。

　　機緣巧合，第一輯作者的社會身分背景與寫作背景較為相似（這種情況在第二輯中已經有所改變），但並不意味著詩叢編選者的趣味將要限制於特定的群體。相反，正由於此番前因，我們遂生出持續編選此詩叢的設想，擬遵循高標準、多元化原則，廣泛地選擇不同背景與風格的作者，陸續推介中國大陸更年輕世代（繼「今天派」、「第三代」、「九十年代詩歌」、「七〇後」、「八〇後」等之後）的詩人及其寫作實績，以增進瞭解，同時促進兩岸的文學交流。但詩叢之名目既定，以後所增各輯，每輯僅收入六位作者、六冊詩集，以為傳統。

　　每輯的六冊詩集內，除詩作之外，另收錄有每位作者的詳細介紹，或更有自作序跋文字、作者訪談以及他人撰寫的針對他們作品的分析文章，出於體例考慮，此處便不再對他們進行一一的介紹和評論。我願意將本次「結集」的「集結」，視為六位中國大陸青年的詩之翅翼在初翔後的再一次著陸。

2019年3月21日初撰

2023年5月第二輯出版前夕修訂、增補

預感：周欣祺詩選 2012-2022

代序：

語言的複瓣

文｜帕麗夏（詩人）

　　我與欣祺是在二〇一八年十月的花蓮詩歌節上結識的，在那之後我們再也沒有機會見面。回想起來，那三天相處的畫面就如同在夜行車廂中看著窗外的風景和自己的倒影。我和她在同一個場次與讀者分享了各自鍾愛的一首詩，我念的是諾貝爾獲獎詩人蒙塔萊的〈假聲〉，那時還得借著大詩人的作品才能給自己增添一點公開發言的底氣。欣祺念的是她的網友（詩人AT）的一首小詩，她的聲音沉靜纖弱，小小地坐在椅子裡，長髮素面，目若朗星，人與詩我皆從未謀面，可我卻從她對友人作品的出聲閱讀中，感到年輕詩人之間微茫親近的聯繫。那是比大詩人遙遠的格言警語更有切身默契的輕言低語：「我知道，但很遠／我知道天空里什麼都是天空／轉過來，轉過去，翻著手腕／天空落下人體落入天空裡」，這是緩慢回放的「空中轉體」一般的詩行，語詞和語義在間隔中扭轉、折疊與往復，形成了交復的回響，甚至帶來了睡夢般的療癒效果。

　　我已經不記得欣祺當時分享友人的這首詩有何用意，後來讀她的詩，可以發現她的創作確實是與此相似、而又更為繁複的意念之詩，她在詩句中「空中轉體」的姿態也更為輕盈靈動。我第一次讀到時，就被深深迷住了。在欣祺的許多詩裡，總有一股正在顯靈、降落的冥冥之力，「我」被這一股不可名狀的引力握著、制轄著、守護著，「我」總在一個有些卑弱的位置裡去辨認其中的啟示，去與「它」發

生問答乃至觸摸，使「它」在各種精妙的比喻和寓言式的畫面中顯
形，浮現為一種關於自我和未來的「預感」：

　　被更輕的東西握著是什麼感覺
　　在夜的稠密中張開又收攏
　　如葉般披掛在身體的預感
　　一抖動就紛紛落下了

　　當你輕輕呼出第一口氣
　　那以掉落而非降臨的方式
　　出現在生命裡的神
　　已在愛中近盲

　　被想要守護的人守護著
　　是什麼感覺夢裡周身是海，跟著雲走
　　醒來周身是夢，跟著雲走
　　不是我走向你
　　而是島嶼她折疊翻轉

　　小紅帽，後視鏡里的冷風
　　遇見群鳥銜來
　　向上的恐懼和向下的善行
　　我們心中空洞洞的美麗
　　難道就是全部嗎

仍需試探，向幽暗而苦澀的核
但請讓你試探的手裡有我

　　假如說，思辨能力強勁的詩人常在語言中展示的是對抗性的辯證邏輯，並由此不免自限於二元化或本質化的思維模式，那麼，欣祺的寶貴之處，正在於她在詩中始終保持著意念的周轉，不被定型、不下結論、不做簡單粗暴的反抗、不借附也不想像一個強大的對象來救助自己。她的關切和注視總集中於「更輕」的生命，她的「輕逸之力」不必通過轉弱為強來形成出路，因為輕靈的意念本身就有足以承托自我的包裹性，它的周轉變形在語言之中具有更多閃閃發光的可能性。詩人固執地想繼續探入「空洞洞的美麗」中去觸碰更幽暗的內核，這裡有低微輕柔的虔誠問詢，但決非低弱的臣服。詩行一開始如同一朵凌空開放的複瓣花球一樣，張開又收攏，披掛又落下，始終保持在不安而美麗的動態之中，這樣的詩作該如何收束呢？她的均衡感和意志力總在讀者意想不到之處顯露出來，有時是乾淨有力的祈使句──「仍需試探，向幽暗而苦澀的核／但請讓你試探的手裡有我」，有時是全稱或最高級的描述和判斷──「我獨自去集市，尋找一個底部有洞的容器／我發現全部的容器底部都有洞」（〈洞〉），「而最明亮的這世界，永遠有人慢慢下沉／比雨後的水汽更輕。」（〈降臨──隔離日記〉），有時是決絕的否定與拒絕──「我要離開這些不徹底的事物了」（〈浮雲〉），「為我畫一個開放的三角形試試看／不要折疊或彎曲線條，不要說圓滿」（〈Geometry〉）。她的語言與她本人一樣，看似柔弱纖細，實則邏輯清晰、果決凌厲。在花蓮一別後的數年裡，我和欣祺也很少聯繫，而在我遭遇兩次比較重大的生活危機時，我總會在最危急的時候問她一句：「我能給你打個電話嗎？」我想已經覺察出她性格中的果決，在關鍵時候也想仰仗她。

　　我喜愛欣祺詩中對冥冥之力的召喚與低語，喜愛她在詩中美麗而殘酷的語調，彷彿生活中疼痛的迷霧——不論是內心的「稠密的夜」，還是記憶中的「密林」，要穿過它，只能以如此破碎、悲觀而篤定的方式，結果不會是「圓滿」、「徹底」的。她的痛苦與思索，看似一個個難以捕獲的懸念，事實上，是立足於每個創傷個體極為實際的精神處境，是遠比思索一個人如何變得更強大、一個人如何擺脫困境更加迫切的現實問題，她思索的是：一個已經破碎的心靈如何在一個既成的傷痛現實中繼續清醒地活著。這一直是欣祺最為關切的精神內容，這既與她自己成長過程中幾次重大的傷痛經驗相關，可能也是她從一個哲學系的學生轉為心理諮商專業的原因。

　　人與人之間的相識，與詩中的直覺是相似的。我對她的詩與人一見如故，當時想著若能一直和她保持聯繫就好了，於是在詩歌會後聚餐的庭院長桌邊，我一時興起，跟她說我成立了一個詩社，叫「崇光詩社」，想請她加入，讓她成為第一個也是唯一一個社員。她很認真地想了想，沒有答應，笑說，得回去考慮一下。我們各自回酒店房間之後，仍感談興未盡，我又與她趁夜出行，坐了很久的捷運。我聽她細細密密地講起她遠在上海的家人、她身體的疼痛、她前路未卜的愛情。那一段路她是帶著很深的勞累，要到機場去接一位老友，從她對新朋舊友誠摯的情意裡，我知道她不是個自我封閉的人。她與信任的朋友共築著緊密的精神關係，並以此為基礎，總在努力地去踐行自己對於藝術和社會的理念，在行動中去兌現「美麗」和「善行」。

　　這一點構成了欣祺的詩歌與傳統意義上的「自白派」較大的不同，欣祺的詩乍看是自我辯詰的內轉式表達，但她往往是將自我放置在「我」和「你」這一組對話性的關係中來形成交互的參照（如〈白夜〉：「祈禱時，給我看你空空的手／我就告訴你人怎麼變成石頭」）、〈厭倦修辭〉：「你問我有沒有語言到達不了的地方／

我不知道，不知道去就是來」），也常常用「我們」來召喚共同的
情緒體驗（〈靜物考古〉：「我們閉嘴，向內看見外面的世界」、
〈密林〉：「回看昨天的我們，小小的，被悲哀握在掌心。」、〈預
感〉：「我們心中空洞洞的美麗／難道就是全部嗎」）。欣祺詩中
的人稱代詞比較豐富，「你」字的用法頻繁且多指，有時她詩中的
「你」很可能也是「我」的一個分身，「你」的出現既是構造一個抒
情對象、辯難對手，更與她思維中對一種對稱性和鏡像性的偏愛有
關。對稱和鏡像的存在，形成了基本的思辨張力，也營造出耐人尋味
的圖式之美、結構之美。我不止一次在她詩中看到完全對稱的意象，
比如：

〈輓歌〉

寫「心」這個字
需要兩片完全相同的樹葉
和一塊手形的雲。

〈馬語者〉

入夜以後，我原諒所有睡眠甜美的人
如果世界能原諒兩塊一模一樣的鏽
我也能原諒血與骨，原諒引力

「兩片完全相同的樹葉」、「兩塊一模一樣的鏽」都是在描述不可能
出現的重合，可是因其極難出現，又給讀者帶來難以言喻的想像的美
感。用一模一樣的樹葉和一塊手形的雲來寫成「心」字，如此精妙

形象，使人無法不傾心又佩服。而兩塊不可能出現的「一模一樣的鏽」，或許象徵著人與人不可能完全一模一樣的血肉創口，我們能在這樣的詩行中感到詩人悲憫的善意，能獲得疼痛的感應和慰藉。每當這個時候，我就覺得欣祺她在寫作中感到的「存在之難，難於狀物」（〈我作為鶴的一生〉）都在這樣對稱的意象間實現了。同時，自白與思辨可能造成的封閉之境，也在她對他人處境的關切中，在「我」、「你」和「她」構成的錯綜交互中，在「我們」共同的情感處境中，不再構成閉鎖的威脅，此間形成的交響，就如欣祺的一句詩所描述的「葉隙間的自我晃動如鈴」（〈離島生活〉），最終還是掀開並晃動出更為多面的「自我」，也賦予了語言更為靈動的音樂性。

　　寫作的療癒性就是在這之間產生的嗎？閱讀的親密感也是在這其間產生的吧？寫詩與讀詩有時也像是作者與讀者共同參與才能完成的一個儀式。「儀式感」是我在欣祺詩中反覆感受到的關鍵詞，更多的時候，她在詩中舉行的儀式，是結束式、是悼念和輓歌。〈密林〉是欣祺在祖父去世之後寫的一首詩，我清晰記得她在捷運上跟我講述親人離世以及家人病痛給她的影響時，神情裡仍有鮮活的痛苦。有時，越是血脈相連的家人，越無法通過直接的傾訴和抒情來溝通彼此，對他們的愛只能以畫面、影像的方式深深鑿刻在記憶中，撕扯又恢復的家庭關係永遠是一則掩埋又破土的自我成長的寓言。在〈密林〉這首詩裡，祖父、父親與「我」的關係被呈現一個在梅雨時節的密林之中一前一後行走的狀態，整體的低氣壓和距離感並沒有讓「我」與父輩形成簡單的對峙關係，在對祖父的紀念儀式中，「我」與父親似乎也可以「交換位置」：

〈密林〉

> 我們一前一後走著，梅雨時節的
> 兩只蜻蜓，低低盤旋。
> 這些日子，我造殼，然後拆解它
> 我一次次和那個看日落的人交換位置
> 在梳頭的手，揀菜的手，數錢的手中
> 安放，睡去，遺忘。

寫作的儀式性就在於對「安放」和「遺忘」的反覆描畫，它既是悼念，也是抵抗遺忘、抵抗消失的生命被輕易塗抹。這種感受在疫情時更為逼仄，可是欣祺也能將這種最為沉重的心痛，交付於「更輕的東西」，為沉沒的生命祈禱、留駐，以緩慢至幾乎靜止的語速來完成一場紀念的儀式：

〈降臨〉

> 先降臨的是雨，然後才是潮溼和轟鳴
> 先暗下去的是被漏失的臉孔
> 已在靜默中漂洗過無數遍
> ……
> 而最明亮的這世界，永遠有人慢慢下沉
> 比雨後的水汽更輕。

變得「更輕」在欣祺的詩裡幾乎可以看作一個死亡的隱喻，而在哀悼的儀式中，消逝的傷痛也能在身體的「變輕」中稍微得到緩解，這種

想像本身就是美麗且療癒的：

〈離島生活〉

我問他是不是那些來不及哀悼的人
都會變成我們頭髮上的羽毛
失去重量。

〈輓歌〉

悲傷是一床越來越輕的棉被

　　在欣祺的詩中，很少有靜止的事物，不僅人稱之間的關係和位置
在變換，連意象本身都在發生重量和形態的改變，她所注視的事物往
往在「變得更輕」、「下沉」、「降落」、「折返」或「自旋」，這
些動態與她對生命、意念的運動軌跡的想像相關，同時也構成了詩作
語言本身豐富的層次感。讀欣祺的詩，我最迷戀的就是這種猶如複
瓣花卉張開又收攏的層次感，在精妙的比喻和輕靈律動的意象間，又
暗布著冷峻的思辨張力和果決的判斷，這些特點在她後代表作中（如
〈預感〉、〈我作為鶴的一生〉和〈假贈高達〉）都臻於圓熟。這幾
首詩一開始都讓我驚詫，原來疼痛、意念、輕而弱的事物也能在語言
中結晶出另一種美，能對生命幽暗的內核發出不可回避的問詢，這
一切是以「眼淚」和「狀物之痛」為代價的：「這自旋的一夜，眼
淚在周身結晶／狀物之痛引我去顏色的天堂。」（〈我作為鶴的一
生〉）。或許正是因為總得以內心最深的痛感才能催動這一束複瓣的
語言再展開一點點，所以她的寫作是屬於慢而深、少而精的一類，如

今終於可以集成一本詩集與讀者見面，應是讓很多默默關注欣祺多年的人早已期盼的事。

　　我從和她在花蓮分別的那刻起就一直期盼著。直到我們行程快結束的前一晚，她才敲了敲我的房門，很鄭重地告訴我她願意加入我的詩社。我笑道，其實根本不存在什麼詩社，但因為她答應了，以後也就有了。臨別時我送了她一本書，在扉頁寫著：「我在語言中遭遇你、辨認你，而我卻有語言無法表達的喜悅。」如今讀她的詩集，更是如此。

二零二三年一月

目次

輯二｜失眠症

輯三 | 分離的時差

輯四｜雲的理論

密林

預感

被更輕的東西握著是什麼感覺
在夜的稠密中張開又收攏
如葉般披掛在身體的預感
一抖動就紛紛落下了

當你開口，我最先聽到最後
那個閃光的動詞。
當你輕輕呼出第一口氣
那以掉落而非降臨的方式
出現在生命裡的神
已在愛中近盲

被想要守護的人守護著
是什麼感覺
夢裡周身是海，跟著雲走
醒來周身是夢，跟著雲走
不是我走向你
而是島嶼她折疊翻轉

小紅帽，後視鏡裡的冷風
遇見群鳥銜來

向上的恐懼和向下的善行
我們心中空洞洞的美麗
難道就是全部嗎

仍需試探，向幽暗而苦澀的核
但請讓你試探的手裡有我

密林
——給父親

我們一前一後走著，梅雨時節的
兩只蜻蜓，低低盤旋。
這些日子，我造殼，然後拆解它
我一次次和那個看日落的人交換位置
在梳頭的手，揀菜的手，數錢的手中
安放，睡去，遺忘。
回看昨天的我們，小小的，被悲哀握在掌心。

過了很久，他終於開口說話
從此我又是一個孤兒了。
大約五年前，他在同一個地方問我
那些快樂的人是如何快樂起來的
為什麼，這兩句聽起來是同一句。

眼前，最後一家煙紙店正在打烊
整條街的燈火滅了。
在一切之後，陽光還會再照進這間陋室
直到我們懂得枯坐著大口呼吸
懂得在這盛夏裡，把痛和苦坐穿
——這人的卑微的降落。

他們說愛人就像抱水
而最終卻是一些火
和一些浪
教會我們失去
伴我們穿過深深的密林

輓歌

他在樓下燒衣服的時候
那隻狗陪著他
他們彼此不認得，不出一聲
凝視火光
悲傷是一床越來越輕的棉被

這間屋子從此並且永遠空了
沒有一張相片，也沒有鐘
鞋裡還留著昨天的雨水
笑聲來自花園裡吹泡泡的孩子
斜陽裡，藍的紅的黃的說不出的
紛紛穿透我們，而沒有碎裂

走到河的另一頭
我對他說起凌晨五點的夢
那隻孔雀睜開眼睛告訴我
寫「心」這個字
需要兩片完全相同的樹葉
和一塊手形的雲。

離島生活

在暗室中的種種爭鬥、辯駁和撕扯
落幕之後，
在一次次沉潛於那人眼底的日落之後
這雙握不緊的手
終於像雪一樣融化了。
在河邊我問他，曾幾次想到過死
我問他是不是那些來不及哀悼的人
都會變成我們頭髮上的羽毛
失去重量。

然後時間開始向更緩慢的事物彎曲。
我從褶皺裡瞥見童年的那次地震
母乳混合著汗味撞擊在我臉上。
窗外蟬聲耀眼，夏日終結
我看風如何靜止不動
而葉隙間的自我晃動如鈴。

我作為鶴的一生

我作為鶴的一生，
在比喻的盡頭結束了。
那個為我打理羽毛的人，
順便取走了我欲言又止的扁桃體。
我作為藍鯨和蝦米，眼鏡與眼鏡蛇的一生
在相對論的盡頭結束了。
存在之難，難於狀物？
這自旋的一夜，眼淚在周身結晶
狀物之痛引我去顏色的天堂。
我知道明天，維度將像冷乒乓落下來
這個房間作為四壁的一生，
將淪落為一紙空門
淪落為無法打開的南方。

以太集

「你們現在稱作荷爾蒙的東西在當時對我是極美的。」

　　　　　　　　　　　　　　　　　——卡爾維諾

1

是我為理髮師理髮，是我
每次呼吸都是最後一次
是我，再走神
就與棕背伯勞無異。
怎麼螢火蟲成了眼淚大師？
真相：人們稱鏡子的這邊為「世界」
是啊，所見不可信，不可信的世事（如行星的粉紅史和酸鹼性）
最滾燙。

2

我放縱動作的密度。
格式塔：擰巴星和哥白尼，暴露症和對稱性王國
為了配得上詞語，我們得時時忘卻
這沒有愛卻不要緊的世界。

3

彷彿是函數把我忘了，而時間從胸脯上醒來
她說：「要在劇痛的赤道種滿百合。」
不借助於柳葉刀，外科醫生能找到重心嗎？
符號：肺葉的扉頁，神聖傾斜角度，公轉的相遇公式。
不可能的鏡子反射你手心裡的小概率，而更多的人
死於慣性的火山灰。
為你，我留下良心
——來吧，末日

燈塔

這個下午，和往生的朋友聊聊
把話語燒成灰燼
泡在雨天的花香裡
這安靜的、光線無法穿透的地方
佛像的手指尖停著一隻透明的蜻蜓

一些人離開後，成為燈塔
在每個半明半暗的日子守望我。
他們說，你要學會等待生命
就像等待一列長長的火車通過
死去的人，我們不會再一次失去彼此
這是永恆的一種，直到我們再相遇。

沒有一座森林是一夜之間長成
只有石頭，從出生以前就在那裡。
藤蔓纏繞著一句詩和一句悼詞
纏繞著，晃動著，折斷了
又從兩端輕輕跳起
我的眼淚、花瓣、眼淚。

假贈高達[1]

如果你手持明鏡，照照我
我忍受得了反光就忍受得了暗示
牛奶流進後半夜，一首詩
換一手翡翠
你忍受得了一半的我嗎

怕就怕火車回頭
怕鐵軌反悔，把鐵鏽還給鐵
把身心科的正常人，還給傳統

教我穿過這扎人的盲柳吧
教我語法、捕風
教我怎麼到巫山，怎麼憑半個我
讀解所有的歧義

---

[1] 此指法國導演尚盧‧高達（Jean-Luc Godard，1930-2022）。

還願

你在去途中回返，以為真心
可以換一次布朗運動。
你瘦了，因愛的輻射
太早地來到反省的年紀
注定獨自面對針頭、藍墨水和紅紅的紅。

日記中純白的一頁，立著掃雪的故人。
你的意思是：如果通曉蜜蜂間的比喻
如果早就取悅了神祕……
這鏡之深，照著故鄉迷人的雙下巴。

在花枝亂顫的春心、賤賤的求死之心
和支支吾吾的熊貓心之間
選擇一種。你嗜睡如睡蓮不語。
你受夠了處處當心，就像受夠了月分的多寡
可每一顆心都連著神經。

「我們活過的剎那，
前後皆是暗夜。」[1]

---

[1]　引費爾南多・佩索亞（Fernando Pessoa，1888-1935）詩句。

休止符

她始終學不會區分玩笑、真理和比喻
例如童年是一間鬧鬼的房子
例如女人是被閹割的男人
她痛恨意義，如果把文字僅僅當作風景
的某個剖面，會不會簡單一點
何必尋找謎底，如果謎面本身
已是一個足夠曲折的故事

她說男人和女人都是這樣
在簇新的禮物上尋找裂痕
在平整的海面上幻想鯨躍
總是在問：為何還沒開始就已經磨損
人們尋找完整，像尋找不會反光的鏡子
卻常常在半路丟失了自己

洞

守夜的時間倒數完了
日子又重新歸零
睡夢裡，讀到一段從不存在的尤瑟納爾：

要像未曾經歷過任何苦難那樣去承受
讓這承受裡保有一絲天真
才能沒有恨

闔上書，我回到了小學教室
見到了國文老師
她曾在課堂上為失明的兒子而痛哭
（很長一段時間，我都在想像那雙眼睛）
不知為何，我錯過了和她的約定
我獨自去集市，尋找一個底部有洞的容器
我發現全部的容器底部都有洞

花園地

埋葬一隻沒有名字的好小貓
用芒草、毛球和鈴鐺裝點花園地
懷中僵硬的小身體
冷卻了整個夏天
不動和死之間隔著什麼
我永遠也無法知道了

四個女孩，一場儀式
鳥獸不聞，世界止於高架橋的平行線
那一天無人落淚
月曆翻過幾頁，我才想起
和多少人已用盡了最後一次的見面

北方旅店

這間北方旅店也是一間老人院
深夜裡此起彼伏的呼吸和嘆息聲
舊棉被帶著時光和病身的苦味
蓋在身上是安心的份量
遠處，哈爾濱火車站的酒氣飄散
漸漸地聞不到了
是湮沒在談話聲中了吧

稀薄的空氣裡，一些面容逐漸清晰
吹口哨的臉龐，像握緊的拳頭
在冰雪裡一遍遍揮舞著
而另一些，則緩慢地失焦
如果就此睡去
我和老人將變成嬰兒再度相遇
在溫暖的沼澤地
想像一個冬日的夜晚

銀與鐵

天空都已經那麼黑了
銀與鐵還是亮得晃眼
夢中的身體擁有全部特質
一半餵養啼哭，她是行雲流水
一半報復侮辱，他是鐵壁銅牆
直到血與肉雙雙流失
互搏留下的傷口遲遲無法癒合

日光的慶祝，是曖昧與不確定的蒸發
只剩下鉛刻的字，而不是流動的
試探的，懸而未決的水
直到陸地與海都失去想像的地平線
只有鳥籠與罪疚，
把我們和我們的內面永遠分隔

失眠症

降臨

——隔離日記[1]

先降臨的是雨，然後才是潮溼和轟鳴
先暗下去的是被漏失的臉孔
已在靜默中漂洗過無數遍
然後才是更濃稠更黑的夜
氣急敗壞地雕刻某種聲音的形貌

她說越睡越冷，好像側過身
背向死，就不會被厄運找到。
睡夢邊緣，她看見新世界的人
不再從雨水中辨認自己和彼此
他們記住愛與歡情，也有恨的力氣
灼燒胸前的兩片雪，直到消融

是先有成群的回聲，然後才出現說話的人
是恐懼的紫與愚蠢的白無盡的相搏，
讓鏡中現出疼痛的命名。
而最明亮的這世界，永遠有人慢慢下沉
比雨後的水汽更輕。

---

[1]　寫於 2020 年初，因新型冠狀肺炎疫情影響，中國第一次實行以城市為單位的隔離。

茶色沙發

離開那張茶色沙發
陷落的地方沒有馬上回彈
家具也是有記憶的
它記得你和某個人互相磨損的幾年
一如電視默默收錄訊號失聯的雪花
未曾說出的話語，都被收進它的褶皺

我已離家很久，因此我知道
所謂親密，只是熟悉的聚集
你有過這樣的體驗嗎，醒來的瞬間
不知道身在何處
即使在繁華街頭聽見鄉音
也聽不懂他們在說什麼
那聲音不屬於過去，也無法闡明此刻
你在片刻的茫然裡，久久不動
遙遠的異鄉人，生活的破碎
最開始總是語言的破碎

浮雲

1

是這場雨要把我留在此世。
當它用樹影縫合夜晚
用逝去的口吻，教我向下的善行
當它讓貓像蒲公英那樣向我現身。
你見過比貓的舌頭更細軟溫熱的閃電嗎
像不像一次光學上的招手

2

我要離開這些不徹底的事物了
不徹底的事物永遠只在雕刻它結束的形狀。
你見過冰雪裡倒走
和火焰裡磨鏡的人吧
還有冬夜裡燭光般的身體。
但別照我，別照亮我
經過我時，讓我在金黃裡下沉。
這樣就很好，反正所有人
都沒有人可以互相傾倒雨水

3

恆星環繞著夜的脊椎
月下我們如白蛇般蛻去的人形
正被浮雲護佑。
這旋轉，如同一切旋轉
是撲火的愛欲也是虛擲的力
它如何讓詞語分裂成蛹和卵
用詩行追趕運行的尾音
就如何將我引向你

失眠症

有多少人在這夜裡清脆地折斷
你想用眼淚托舉起他們，一個一個
倒退著走向來處，倒退著
把從前丟掉的感官拾起
用說故事的技藝贖回手錶的密語
用飛過秋雨的鴉的骨架，或城市六點半的金黃
交換屬於醒著的人的睡眠

靜默的房間裡，無言的
下垂的插頭是夜晚伸向你的手臂
它讓雨夜接上電，照亮
那些沒有倒影也沒有回聲的人

鑽進傾斜失序的臺北
很快就找不到自己了
車進站，窗玻璃反射出的那個人
你目送她走進雨中
隨即消失。

Geometry

我也是更卑微的樹枝上掉落的神
當你說每一個猴子裡都有被困的人
不是進化論的錯覺
不是這分形世界的陰謀
如果我理解你並讚嘆你的發現
我會說羊群裡有飛翔的嬰兒
守望我們，一如看破我們呼出的白氣

你不需要截斷夢而醒來的
你可以睡去如同行走的眾生
觀念是幻覺的海，不是海的幻覺
不是神持鏡自照空無一物
是同在此刻和來生呼吸的你

「如果三角形會講話，它會說
神是卓越地三角形的。」[1]
為我畫一個開放的三角形試試看
不要折疊或彎曲線條，不要說圓滿

---

[1]　引自斯賓諾莎書信第56封，致博克賽爾。

如果你並不完全理解它的意思
不要用名為永恆的顏料，如果那只是海而已。

玻璃

有哪些玻璃鱗翅目飛得過去
飛過去了，還要被鏡中的對稱傷害。
我日夜兼程趕不上一個失效的句子
我累了，剝著往事的棗。
連一朵花的有罪都原諒了，
為什麼放不過雕花之手。
美妙的，他說
都是那像冥王星一樣遠去的。

儀式

這一切正在某種無意識的場面調度中
朝向冬天滾動
但依舊緩慢、昏沉。
一切都在失去幹勁，她想著
這給人一種得救的安慰。

解圍之神

塵埃中我跟不上鄉音
我落馬，而馬走出了骨骼。
這一次，我與歡樂決裂
我五官失序，又墜入飛行的史前史
你知道，就算顛倒仙與鶴的性別
我也要走遍你掌紋中的祖國

昂星團遺失了秤砣，我夢見
你的體重像眼淚
落下來……
想你時山山相傾。

在生僻詞的免稅店，我想像你
像回憶一場熵變，而想像卻黯淡如鹽。
我為化學草原和人造光源準備了
最漫長的一夜
這一夜，無人關心雲冷杉的反射弧

馬語者

入夜以後，我原諒所有睡眠甜美的人
如果世界能原諒兩塊一模一樣的鏽
我也能原諒血與骨，原諒引力
讓桃李滾向你，而欠收如陳雪
沖走凌晨五點的扳道工

你知道，這些沒完沒了的夜晚
把最好看的樹也打磨成了棺木
我等待著，等一塊冰重新變成冰
等水倒進水，河流流歸一處
等星辰在各自的位置又滑翔一遍
我才睡去。

夜的不群有別於人的不群
夜的不群，剛好能裝滿一個果園
等到天亮起來，光線切割著陽台
果園和果園也難以分別
有人種樹，種出鳳毛麟角，種出種種黑夜
有人餵馬，收割著馬歌與馬語——
愛是呼吸的音樂呵……短暫神祕的算法。

橘貓頌

九斤滾燙的雪覆在身上
冬天變成了某種遙遠的修辭
我的小暖爐，長鬍鬚的小女孩
懷著微醺的好奇往返於午夜與黎明

那天在一本書中讀到：
「自從撿了一隻天鵝，
我就再也沒有自殺的自由了。」
我亦心甘情願托付給七點的小鬧鐘
每天睜開眼的相遇，都是久別重逢

今天清晨，那雙通透的琥珀色眼睛
領我去看窗邊未融的雪花
這位小上帝，催促我趕快嚐一口
如同世上的人第一次發現冰

退化

看誰都像你
那笛聲在顯微鏡下是癌細胞
如果，一點點秋水仙素
能讓愛情繼續在碘液裡活著，我就接受退化

最大顆粒的沉默，投入黎明只激起半圈漣漪
每當太陽落到肩頭，你都一身金色的偏見。
你是任何人，所以虹再也形不成七色
暴雨臨盆只為那胎生的臘梅
死也不過是一次火燒雲

透明

將老朽的心靈剖開
在它瘡痍的內部畫滿窗子
用比看不見更寡淡的分子
試探蟾蜍的真心
靜電是它氣息微弱的吻

別打擾，杜鵑花要喝水
子夜正循著呼吸入夢
是誰持鏡自照，把夜重新定義成
白色？別驚擾，
要用第一抹晨曦為文字消聲
陽台會從嫩綠褪成透明
那是東方在洗身體

輕快

昨天你坐在窗台上
我看著你，你掉下去無數次
樓不高，掉下去比你想像得更快。
命還是有稜有角的
你活著太像一個比喻
一起掉下去，乾淨得很
死了就能變成回聲穿行在山谷

小丑之夜

你手裡拿著一張相片
你說相片中的女人與你很像
為了懷念她，你在枕頭下放了把剪刀
害怕的時候，就讓小腿緊貼刀鋒

你又播了一夜的 PK14
我在單人床躺下來
看見牆上的文字又長出了新的
全都在描繪你開瓦斯的動作

人在麻醉的時候會做夢嗎？
當他們切開你的氣管
你會不會夢到我
在危險的斜面上等待

這個晚上，床再一次變輕
棉花輕輕上浮
我知道，是你又去開瓦斯了
我閉緊雙眼，把快樂賣給小丑
換你再活三分鐘和我說說話

白夜

祈禱時，給我看你空空的手
我就告訴你人怎麼變成石頭
火有幾種顏色，不愛的人
如何用遲疑自畫。
我會指給你看空氣中親吻的阿修羅
正往你手的迷宮撒鹽，那扇形的白
指引我飛升的路。

你看，至少你還手握些什麼吧
而我無非是經過我的東西
一點雪，琥珀，火的旋轉門
比蜜蜂更薄的午夜。
原諒我，睡不進今晚了
我找不到鑰匙穿過這太漫長的白日

沙地上的字

以掉落的夏蟬
以季風那無調性的咏唱
以變幻如屏風又如雲的慘淡
他無聲的嘴在沙地上雕刻著
　　天上的父

輯

分離的時差

三

龍山寺

從未見過滿月之夜的龍山寺
燈燭薄薄細微的金，不過分莊嚴
亦無絲毫寂寞哀愁
尼僧們交疊的後頸朦朧透出菩薩的暗影
僧袍的紅色海浪。
這一夜，沒有誰臣服於誰
我只看見人的嘴一翕一張，沒有聲響

霧氣一層一層褪去
然後世界上出現了鯉魚池，寂靜噴泉
和胸口有刀傷的人
我問偵探，今天是哪一天
他不說話，領我去看無家者的棋盤
還有在他們頭頂盤旋的焚香

背海

那些背海的日子要如何度過
沿著黑色魚鱗般的書脊
你爬出窩巢，
把反覆咀嚼的習俗和規訓埋入地下。
當乾涸的船隻游至腹部，
人們的竊竊私語遮蔽了頭頂的天空

只有你朝相反的方向走去，任憑刺痛
把身體雕塑為將滅的蠟燭
你知道這就是一切的開始
當一個沉默的人開始尋找同類
所有陰性的能量將幻化成火

暮色將至

兩個洞穴。
一個愈行愈深
靈動，舒展，擁抱冒險。
另一個，愈發逼仄
坍縮，無光，沒有同伴。

「要成為鏡子。」
一場記憶、期待與慾望的追逐角力
而在起跑線後
是階層、智識與習俗的屏障。

對刺探和剝離保留一分懷疑。
具體的、太具體的
如何能春風化雨？
我無意尋找出路
出路是力與美的消融

兩個洞穴，連結兩座城市
哀悼者把既往史安放在失物招領處
騎車穿過日復一日的街道

撲面而來，
夏日城市的熱烈與冷漠。

人形燭

——悼李文亮醫師

現在連沙漏也停下來了
青苔像被窩輕輕蓋住那名字
誰不是一邊學石頭滾動
一邊心裡裝著遠處的火

分離的時差

春天就該結束的
到了秋天才長出收割的手
然而果實早已落盡
切開的土壤下，彼此的故事
脈絡分明，早已沒有交集。
對於分離，其實早有預感了
沉默地抱著一塊冰的融化
也無法阻止盛夏的來臨

好像七月總是屬於一個人的
溼熱的雨點，撐開的傘下
每個人背著各自的島。
只有面向著海，才能流出乾淨的眼淚嗎？
我以為只要走到海的盡頭
就會看到故事有不同的終局

倒帶的雲

即使到過安寧病房很多次了
依然不知道如何注視病床上的那個人
她忘了自己的年齡，卻熟練地背誦心經給我聽
那一刻她完全清醒，卻離此世最遠……

她的目光讓人無路可退
她和每個人都貼臉，親親
是吃的藥讓她變得越來越小嗎
窗外的雲不動，像新包紮的傷口
淡淡滲出的紫色
如同牆壁剝落的過程，透視法正在失效
唯有神態、氣息、體溫、聲音
和雲一起，不動，駐留

像是所有關係的隱喻——
熱烈的午後，兩個人在各自的床上睡去
懷著無法交換的病痛和記憶
某個人先醒來，在陽台上站著，幾分鐘
天突然黑了，他獨自面對著人的不堪一擊

編織女

一切從她隆起的腹部開始
圓形的水中，遲來的男孩
望向這位產婦，在她的體溫中
尋找萬物的起源
他認得她，即使記憶還未凝結
他認得漫長的疼痛和憂鬱裡
她貓頭鷹般的眼神和嘆息

他不知道她的恨從何而來
卻猛烈如割，毀了他的童年
她無聲地恨著，把語言編進紅色紗線
時光只有一個用途：懷念一個不存在的孩子
不是這一個，是二十年前的那場手術
被剝奪的，難道可以找到替代嗎？
當那一個死去，等待她的只有餘生

晚禱

你說讓我們沿蘇州河而行
下沉的時候，一起慶祝白送的時間
不要去提醒發了瘋撞鐘的人
和在末日賣辭典的釣魚者
別說醒醒吧沒有家了永遠也沒有了
像小孩吹肥皂泡那樣，也輕輕吹散他們的恨
然後請你帶我回家
不說話也沒關係，我什麼都不問
不拉手也可以，我退後一米
沉默是安全的，沒有家的人就不會害怕
溫柔的水鬼都有一本無字之書

靜物考古

1

從午夜到天明，用心跳之真煮沸一鍋人格神
我只在錯拍時禱告：
如果這時文體大師骨折，大概與鹽類的二次結晶雷同。
多少年花拳繡腿、齒裡齒外
只為半勺物理之甜，而半衰期死亡般精確
無意間勾兌了神學的地溝油

2

往事，智齒，甩不掉的月亮
世事較真，連打雷都是神殺神
我憶起某天肝臟向南回歸線傾斜，
一匹單峰駝在清零的身體裡穿行。

3

有人在退潮時剪網，碎片的圓形敘事
在地獄引起一場大規模消化不良。
像野火從夢見的噩夢中驚醒，迷失在冰面的反射中
事事失真……除了悲劇小說的注腳
「銀河：朱諾給赫丘利餵奶時奶汁滴落的地方。」
嬰兒般的清晨，嬰兒有了抬頭紋
我們閉嘴，向內看見外面的世界
約定打破靜物之靜者為巨人

4

你知不知道，不歸路也有分岔路
「我指給你看消逝。」

厭倦修辭

據說厭倦才是隱祕而持久的天賦，
除非耗盡偶然性的最後一絲彈性
重寫修辭程序，讓罐裝的腦葉切除術
與發誓不打傘的手完成一次退耦。
你看，她的靜脈長過尼羅河，她的犬薔薇枯萎
如一次恆星坍縮
你再看看這枚宇宙切片般的側臉
——那個量詞維度的視界。

現在你知道「人是人的缺席」是什麼意思了。
是厭倦把人送進了動物園
將一個天文單位的蹄印稱作「思想」
是厭倦注定了所有樹木都是用來告解。
你問我有沒有語言到達不了的地方
我不知道，不知道去就是來
來，是到狹小裡來、變冷裡來
到徹底遺忘裡來、到奇點（你神祕的故鄉）裡來？
還是從抖動的馬體裡掏出一種不厭倦。

忘鯨篇

是世界錯把搖晃我當成感動我
而我走不出世界像斬不斷淚腺
深海中詞藻比海藻致命，充滿
時光的癌症。據說人類要的
比少更少？

這是地球呈陀螺儀狀傾斜後不久的事情。
古老的傳說中，那頭聽聞過斯賓諾莎的獅子
長出一身時間的皮
它與吃人的先民周旋，穿越被痛苦雕琢的仲夏夜
在布達佩斯的閃電中高呼：凡可以證明的，皆是謬誤！
又在火燒雲的目光中寫下：懷柔。

忘鯨過目不忘。那一晚睡母腳踏七星
朝我飛行，觸鬚數和乳房形狀我記得清清楚楚
夜色中她懷疑滿腹，把倫巴第詞綴忘在了
耕種過的珊瑚王國。
也許她就是上帝缺席的原因？
我還記得夏天最後一隻蚊子體內的針葉林
的北方線條──她鍾愛的水星弧度
真想聽聽她怎麼說。

列車故事

和頸動脈獨處，悲哀像米掉進鐵軌

十七歲，你把黑看成紅
在天安門打坐，和流浪者爭半口熱水
你循著布魯斯的盲手，背井離鄉
琴弦生鏽，低音通體是火

列車滿載著孩子
人們說起後半生口氣輕輕。
過了兗州，泰山呼出灰蒙蒙的修辭：
晃動中少女的水聲也像歌聲

加速進入黃昏
蜘蛛紋絲不動像盞暗燈
你看風像風箏，黃土地暴起青筋
夢中的城市正一點點亮起來

植物學觀察

花，對蟻蟲觸角過敏
根須，延伸脹痛的坐標
四季的靜穆全被當成同情。
霧抱著炊煙，掩護
葉中的產卵如期進行。
究竟是怎樣多情的樹
把愛的對象當成食物？

把羊的屍骨留在對岸
枯樹會撿起它迷信的毛蔽體
風起了，岩石露出沙漠下的脊椎。
羊，被靜物的抽象熱情折磨
終於從裸體中醒來。

後觀音

那隻鳥又出現在詞語的尾音上
勸我留一點沉默與他分食
我懂得告別的滋味
無非是斷腸又添幾塊碎石。

走吧，鳥說
你看瀑布已將觀音護送到下游
有人用陶片割喉，用它盛滿詞窮
只有你還站在發胖的風裡。
風有雌雄，相愛而不自覺

鸚鵡

共振中人們相愛。年月日
和風馬牛雙雙墜比喻的崖
巨人遮天，卻露出闌尾
惡法亦法，有人進而無畏
用無感把水洗一洗，把你沒幹過的事
寫一寫。什麼時候
吻自己的嘴，也成了事件
你看人和鳥往鐘聲裡飛。

你見過一道裂縫嗎

遇見幾隻麻雀
試圖停在牆壁塗鴉的橫線上
不斷地掉落，不斷地再試

遇見站在雨中拍打皮球的人
雨聲愈來愈響
直到蓋過皮球落地的聲音

遇見公車前座的男孩
他白色的 T 恤像一面水做的鏡子
上面寫著：Don't hate.

逢魔時

落日開始在身後沉沉墜下的瞬間
我把一切都想起來了
原來一切沒有開始也沒有結束
人的相遇，只在這一刻與下一刻之間
那無盡的、非線性的停頓。

總是如此
總是在第一次認識一個人時
也再一次認識了所有的人。
而那個永遠朝向他者的停頓
是一扇扇門，帶著上鎖的房間

是告別的時刻了，鴛鴦已游向湖心
漣漪化開，人也應當放手
當我們分別，便把相遇的時刻叫做暮色
把那一天的雨和雪叫做記憶

雲的理論

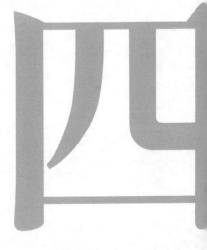

雲的僧侶

1

腳下的透明逐漸變冷的時候，雲的僧侶正站在我身後。他能從海水的鹹味預知十年後的氣象。如果十年後的此刻風推雲走，豔陽遍照，他就說，別醒來！如果濃陰惡雨，沙塵飛漫，他就說，到帽子裡去。

雲的僧侶在加速變冷的空氣裡命令我，到帽子裡去。然後，他說出一個我從未聽過的數字。我看見數的中心燃著足以區別睡眠與死的綠色火光。在數的邊緣，他告訴我美是降臨的，和死一樣。

別太用力，白色從不用力接引一切。他提醒我。一切廟宇都只是燈盞。

2

為什麼這麼疲憊。我問雲的僧侶。我感到自己快要累成三個人了。他
沒有馬上回答我，而是向我示範，用卷煙紙把兩個女孩的卵子卷在一
起，點燃後會有好看的煙花。我猜他是想說，每個人都是三個人，在
某些時刻，我們像渴求血一樣渴求吻。

我不知道雲的僧侶要帶我去哪裡，我信任他因為他的嘴唇是早春的永
生樹葉。我們一起離開寂淨城的時候，那裡的夏季狹窄得僅容一個人
通過。我在光速飛行中緊緊抱住他淡綠色的頸，反覆默念他說過的，
神用淡綠的鹽將我們勾勒成人。

他不說有些人生性涼薄。雲的僧侶不用這樣的語言。他只說另一些人
更容易被眼淚浸透。他告訴我，寂淨城有一位詩人寫過，可以接受的
神祕，必須是無比明亮的。在那裡神與人坦然相見，無一物需要被另
一物降伏。

3

在嘆息聲裡長大的小孩永遠聞不出薄荷。每當我問雲的僧侶關於時間的問題，他就這樣回答我。我知道他是想說，不是把今年的水倒進去年的壺裡，就能得到河流。我已學會破譯他的語言，用他的方式。

七歲的時候，雲的僧侶和父親一起生活。一次漫長的打坐後，父親讓他在自己背上寫字，以此消暑取樂。在一片耀眼的蟬鳴中，雲的僧侶用短小的手指在那寬闊的背上比劃一個死字。

雲的僧侶帶我飛過那些沒有黑鳥突襲的雨夜。他用睫毛上的雨水重新定義圓的形狀。

未來說的每一句話都要包含一個比喻。他命令我。這樣就沒有人能辨別那些不是比喻的部分。

4

那一晚我夢見打著傘參加自己的葬禮。我跟隨著一隊黑衣人，最前面是雲的僧侶。他坐在一根麻繩上，緩緩前行，體態優雅從容，與此同時，他的手正靈巧地在那根麻繩上打結，而繩子紋絲不動。

那些形狀各異的結也均勻地向前滑行。一個黑衣人告訴我，大的結是勃拉姆斯，小的結是烏鴉，它們重疊的部分，被稱為非洲。

醒來後我去找雲的僧侶。我問他，能指和所指之間有多少個宇宙。他沒有回答我。風在我們之間遞送著沉默，我無數次想像勃拉姆斯、烏鴉和非洲在不同世界中的空間關係。

就在我們即將如鏡中的對飲者那樣陷入無盡的不可表達的時候，雲的僧侶從口袋裡掏出了那根麻繩。繩上沒有一個結。
絕大多數事物都在長短之間。他把繩子交給我，並用宛如介質的聲音說道。均勻的世界裡人和石頭沒有分別。

陶俑症

那個午後，我夢見你染上了陶俑症。你穿著膚色衣服，站在我對面，下體裸露，因為勃起的緣故，看上去像一件打磨過的古舊的鈍器，彷彿能看到陰莖周圍的空氣被擠壓成一股滾燙的氣流。我們中間隔著一棵幼年桃樹的距離，我不記得有沒有穿衣服，好像沒有穿，但我一點也不覺得難為情。我們應該是在做愛，你看著我，像在看一株潮溼的薔薇科。我們誰都沒有動，像和一個看不見的什麼生氣。你想射精，陰莖卻像充滿了敵意，越來越硬，像進化成鐵的俑。我用手幫你，還是不行，你怎麼都射不出來。我頓悟：你是得了陶俑症，染上這種病的人永遠不能射精，並且會從陰莖開始石化，直至全身變得如燒制出來的俑一般堅硬。在那一刻我分裂了，裂成一小瓣兒一小瓣兒，裂出一尊尊蒲公英大小的菩薩，乳白的、松石綠的、透明的，我抱起你，每一個裂出的我都捧著你的一部分。你好輕，像一根桃樹枝。我帶你去找郎中，找到了，郎中長著我的臉⋯⋯

我睜開眼睛，看見你，你帶著夢裡的表情。夢未消退，我還記得醫治陶俑症的藥方：我必須在你耳朵裡走上七七四十九遍。

你歪過頭，我開始走了，好崎嶇的道路，好像一不小心就會掉下去，掉進耳道鼻青眼腫，撞上鼓膜粉身碎骨。你的耳朵裡有朝上的路也有向下的路，走一遍需要一天一夜，我進退兩難，像走入了一片未開墾的野地，我閉起眼睛，每一步都不敢踩滿。

等走到第十天，我就對你的耳朵熟悉了，走滿第一個月的時候，我幾乎要忘掉是在你的耳朵裡走了。我像在漆黑的鄉間小道上走，像在灑滿牛奶的麥田裡走，越走越平心靜氣，越走越遼遠寬闊。你平坦的耳垂泥土一樣鬆軟，耳輪上細細的絨毛像排列整齊的冷杉林，我不分日夜地走，就這樣習慣了你耳朵裡所有的拐彎抹角，再也走不了別的路了。

◆

它又來了，這種感覺，明明有路可走卻覺得走投無路。我想，大概再也走不出你的耳朵了。也好，如果能就這樣走下去，拐進你腦子裡看看你湧溢的念頭和塵封的懊悔，走到胃裡為你消化那一草一木，也是好的。但我仍感沮喪，好像即使這樣也還不夠。我多想到你裡面看看啊，這裡面不是腦、不是胃，不是某條神經、某根血管、某個細胞。我要到真正的裡面去，最裡面的裡面，連你自己都不知道的深處，那唯一不能在任何地圖上找到的地方。

我沮喪得像回到了被æ星擊中的那一晚。那不安寧的夜啊，像是有一千隻孤獨的喉嚨在爭一碗毒藥。我坐在你最小的那個腳趾頭上看書，月光穿過戈壁和密林，把一個石英球照空了，石英球的後面就是æ星。

æ 星很小，有多小，針眼的萬分之一，陷在毛孔裡的一個原子。它像一隻飛得很高很遠的螢火蟲——誰又能證明螢火蟲不是一顆小行星呢？

被行星擊中的概率的確很低，也從未聽說過身邊人有過類似的經歷，但我早有預感，我知道它是衝著我來的，那晚我讀的書裡的每一個字都像燃燒起來一樣微微顫動，暗示著將有一件神祕的事在我身上發生。可惜 æ 星實在太小，它穿過我的時候，我連絲毫過電的感覺都沒有，要不是它的速度極快，我幾乎擔心它會在到達我之前首先被我的衣服吸收掉。非要描述的話，我的全部感覺就像吃了一個中子，一枚沉默的速溶微粒，除了為那一夜畫上一個可有可無的標點以外，再沒有別的了。

我失望透頂，明明是我一生中最神祕的一件事，我卻情願它沒有發生過。那之後，你用顯微鏡為我檢查身體，分別在肚臍下一寸半處和左邊那瓣屁股的中心處找到兩個小孔。æ 星無心地穿越了我敏感的三角地帶，在我的子宮逗留了億分之一秒。作為它漫長的太空航行中微不足道的一個小阻力，我對這背後的宿命意義渾然不覺。

太空，多麼像一句抱怨，幾乎可以用來總結人類在無意義上掙扎的全部歷史。據說恩培多克勒投入埃特納火山自殺，然後被火山的煙霧吹

上月球，他的那一跳簡直甚於阿波羅登月。可現在，我連往你耳朵深處縱身一躍的勇氣都沒有。我只有走下去，我早已忘記將你的耳朵走了多少遍。你知道，往事一旦湧上來，和幻想攪在一起，就再也分不清了。

你真大啊，太大了，大概在巨人眼中也能算個巨人。你像「大」的無限延伸一樣通往所有方向，沒有窮盡。如果你是一座城，一定古老到足以詮釋這個詞的全部含義，而我卻只熟悉這小小的一隅。想到可能永遠也無法將你走遍，我的沮喪頓時像癌細胞一樣生長得鬱鬱蔥蔥。

◆

你要知道，你在讀我的時候，就已經是在殺我了。我在等，等科學神破解出二進制的秘密，那時整個世界將從裸體中醒來，第一道光線將為這座城的編年史鑲上金邊，縱使它晦澀如你的病史，沒有重心。所有人渾渾噩噩，只有我還在走，光著腳，憑著 æ 星留在我子宮裡的一夸克豹子膽，我終於跳進了你耳朵的黑洞。一隻真正的陶俑的耳朵（是的，如果從來沒有醒來，也就不存在夢與現實的界限）。我在你耳道裡滑翔，在鼓膜處鑽孔，一路披荊斬棘，終於用眼淚填平了你顱內的每一道溝回。我想，我應該不會再想念外面的世界了，你如此龐

大、滿盈；我想，一定是魔鬼貫穿了那個姿勢，當你愛我如骰子的
一擲。

氣管告解室

這間告解室曾是被牧師切開的氣管，屬於一個失語的女孩。女孩的氣管異常纖細，狹窄到沒有一個詞語能通過。牧師對她說，詞語無法疏通的地方，懺悔可以。

修築告解室的時候，牧師向女孩演示，如何不變幻大小進入一枚貝殼。女孩看看貝殼裡的牧師，貝殼的確沒有變大，牧師也沒有變小。

告解室常有人來往，並不影響女孩的生活。有時氣管裡傳來慟哭，她便旋轉起來，慢悠悠地，或是故意灌幾口糖水，讓它滴落到哭泣者的嘴唇上。

牧師常獨自誦讀馬拉美。有一天當他讀到：「不相識的脖頸突然間折斷。」牧師停頓了一下，他知道馬拉美寫的是玫瑰，但他無法再讀下去。在比玫瑰根莖更細的氣管裡，盛不下死亡十四行。

圓形游泳

一種圖形迷戀：片狀的雨，黃昏時的環形山，耳內幽暗而深邃的孔道，小男孩頭頂上汗津津的漩渦，貓眨眼時定格為波斯細密畫的眼睛。如果光線彎曲，時空倒錯，也許可以在那一個個圓形裡游泳。隨時隨地，單向度、沉浸式地一躍，然後目睹它們陡然消漫，化開，一如世界的入口。

高峰時的地鐵是游泳者的樂園。列車進站，車廂門打開，形態各異的圓如蜂群一般湧出，方向、速度、位移，千差萬別。門關上，隨著青灰色電梯升降，圓與圓相背而馳，沒有交集。黑夜裡，有一些圓戴帽半遮，游起來清涼有風，又與其他游泳者相隔絕。

游泳時不宜講話。若擅自出聲，將影響圓的弧度。圓形自有其聲，不蜻蜓點水，不抑揚頓挫，更接近僧人敲鐘。圖形論學家曾得出結論，封閉的圖形當中，方形過於鋪張，適合演講，難有共鳴。三角穩定性高，適合耳語。三角可站兩人（也能站三個瘦子，但那樣太局促，只能面面相覷），兩個人，沒有退路，只能耳鬢廝磨。而圓形邊界模糊，盛不下人的鳴叫，唯有游泳。

假日裡，電影院的角落一定有不公開身分的游泳者，不喬裝易容，不面目可憎，尋常至極，難以辨認。開場半小時，劇情寡淡如水，情人們接起吻來，游泳者早已將整盤底片游遍。

我見過一些游泳者，在各自的圓裡，行走一如起舞，難過時霧水滿身。圓形不是球體，沒有縱深，哪怕它正晃動著，快要失形。深度的缺失有時令某些游泳者苦惱，但更多時候，譬如落日於某個傾角倒映在圓形之上，仿若準星，游泳者便歡欣雀躍。畢竟游泳不需要縱深，因人只能佔領一個平面。當兩個游泳者迎面相接，是世界的延續。

字母表

他堅持說貓的叫聲是一張隱祕的字母表。

有時是 L，像這樣，他模仿給我聽。但那並不是貓的叫聲，甚至也不像人的聲音。我在腦海中搜尋這聲音對應的詞語而不得。它不屬於任何一種語言，也就沒有對應這聲音的圖像。他又叫了一聲，故意把尾音拖得更長。你聽，他說，是不是 L。

貓在睡夢中。有時貓眼微睜，透出蛋殼色的瞬膜。貓做夢時眼珠滾動，嘴唇微顫，呢喃有聲。這是 E，他說，還有 N，貓的全部夢話都在這兩個字母。這時貓醒了，打了個哈欠，看看他，再看看我。貓叫了一聲，微弱的 M。這次不用你告訴我了，是 M。說完，我驚訝於自己這麼快就接受了他的遊戲規則。其實根本不是 M，那就是最常見的，教科書式的貓的叫聲，但對應到字母表上，只能是 M。與其說聲音本身趨近於 M 的發音，倒不如說這聲音的圖像更接近 M 的圖像。一個正在甦醒的、疲憊卻平穩的聲音圖像。貓伸懶腰的姿勢倒也有點像 M，他說。但表面的相似卻最遙遠。我沒有說出聲來，咽回腹中。這句話是個 O，一個未被說出的句子是空心圓。它已構成一個想法，於是有形狀。它未被說出，因而沒有方向，只能是封閉圖形。有點走火入魔了，我自覺道。分析每一個已說或未說的句子，是極大的消耗。給每一個意念賦形，是不是某種自戀行為，莫非沒有方向的箭，最終只能射向自己。一種無聲的持久的內耗。

故事應該從這裡開始。一個未被說出的句子，一段無法定義的關係，一個封閉圖形。我並不想用貓的叫聲還原整張字母表，他見我無意開口，接著說下去，那毫無意義，只是意念的投射。我們終於接近於談論同一件事了。產生這個想法，讓我突然意識到那只是另一種投射。他知道我不準備回應，繼續解釋道，只有這四個字母，E，L，M，N，僅此而已，無意義的聯想，沒有規律可循。也許可以對應數字，去買一張彩票，我打趣道。我不相信太明顯的巧合，像某種凶兆。這話像是我說的。也許相處久了，他的語氣、想法，開始變得像我。又或許是我記錯了，也許想法上的共鳴本來就是一種巧合，也許那本來就是他的思考方式，而我才是受影響的那一個。已經無法分辨。對巧合的不信任，總有些故作冷漠的意味。故意推開、拆解，以無神論的方式結束一段奇遇，是我們擅長。

貓完全醒了。貓從沉睡到再次奔走於我們之間，有三個階段。厭棄的，出神的，萬物失焦的朦朧世界鑿開被驚擾的夢，而醒來是所有出生中最無害的那一種。然後是試探，裝作第一次看到已被嚼爛的貓玩具，重啟微醺般的好奇心。把金黃絨毛上的香氣散在房間各處。最後才是人。人是一面鏡，任何攻擊的企圖只激起漣漪般的回應。對有些人來說，貓是家具般的存在，無異於一張精巧的單人沙發，或一幅變幻的畫框。但人是貓的鏡。

他從那堆木箱中挑出一個，把貓放進去，大小剛好。他裝作要蓋上的樣子，但貓蜷在裡面，紋絲不動。他為貓做了很多個木箱，不同尺寸，形狀規則，不規則，有蓋，無蓋，有提手，無提手。木箱越來越多，很快堆滿了陽台，臥室，廚房。門已經打不開了，除非把幾個木箱疊起來抱在手裡，才能把門拉開一個極窄的銳角。

這是為我們的貓做的箱子，他總是這麼說。他只在這時用我們這個詞。但貓只有一隻，箱子卻堆不下了。他只做與貓的身形完美匹配的箱子，這似乎是唯一可能的解釋。貓每天在變大，所以需要更多的箱子才能確保嚴絲合縫。也許從某個時刻開始，貓又會變小。用過的箱子可以再用嗎。我每天在不斷湧現的新箱子之間走來走去，太多箱子堆疊，對貓意味著多重空間，卻成為我們的牢籠。

箱子和字母表之間存在著怎樣的聯繫，關於數的增減，實與虛的空間，身與心的勞作。問題的答案快要窮盡了。貓從箱子的縫隙間鑽出，逃逸了。貓的身形似乎是個幻象，永遠比你想像得要小，我猜貓有線性的靈魂。他把箱子蓋上，捧起來，踩上凳子，把箱子推進其他箱子中去。他的袖管落下，兩三道深紅的鋸痕，暗的，已經暈染，像墨水在皮膚裡化開。

我沒有給他看那些照片，也沒有告訴他其實我一直在偷偷拍他。有時候你太熟悉一個人了，只有透過鏡頭才能重新認識他，就是這麼一回事。從取景框裡，我知道他鋸木頭割傷了手和腳，結痂了，又遇新傷。他襯衣頸後那一圈領子已脫落了。他的耳後有痣，而且越來越多。他看貓時目光渙散。有一天他像是察覺到身後機器的視線，轉身問我拍什麼。我說想拍今天的日落。

他從凳子上下來的時候，我下意識伸手去扶，他避開了。我不做任何解讀。他繞過我，朝臥室走去，後腦的漩渦做出冷笑的表情，扭轉著我們的往事。我跨過木箱聚成的分岔路，翻山越嶺去廚房燒一壺水。貓被我留在客廳，一個橫臥的 Z。水燒開時像某種古老動物的慟哭，乾癟而刺心。微溫的薄霧裡我聽見他開始模仿鳥的叫聲。

手勢

很多年後，人的語言技能退化，交談時無力捕捉準確的詞，於是手勢被用來替代敘述。那時，以解釋學的名義，人們將這樣描述憂鬱症：伸出雙手，交叉，同時向兩邊用盡全力推去——雙向的虛擲，一次力學上的崩潰。

那些嚴格地用手勢完成這一敘述的人，幾乎都摔倒了。一年當中，摔倒的人數要屬四月最多。大街上不斷有人倒下，新聞裡報導，由於人數過於龐大，一些住院病人不得不出院，以騰出床位給倒下的人。

另一方面，手勢的蔓延導致許多語詞被削弱了原本的含義。為避免詞語因過剩而面臨遭棄，詞典編撰者在新編詞典中將一些原義迥異的詞放在同一條目之下，比如：家庭與神話，打火機與同情心，羽毛與意義。

新編詞典中，孤獨這一條目下寫著：同義詞，銳角、蜜蜂、灰燼。

代跋：
真實的親近

文│周欣祺

　　我不是一個勤奮的寫作者，因為寫的少，有些自覺未成形的文字也收錄了進來，有些慚愧。第四輯中的不分行文字，是一次文體嘗試，在小說、散文和詩之間的想像和遊戲。回看過往的文字，我不想完全稱之為詩。在我看來，寫詩是對情感和心智的敞開與再造，這不容易做到，我常感氣力虛弱，又難以容忍虛假。或許，可以把這些分行視為被放大的哀毀，和一些未竟的思考。字也有其存在的空間，當它落地，就不再屬於我，但還是和一些人、一些幻想、一些愛有關。將它們結集，是一種提醒，往前還有長長的路要走。

　　二十五歲之前，電影和小說構成了我幾乎全部的食糧。大學的大部分時間，都待在宿舍裡看電影，有時一天連看三四部，看累了在床上睡去，半夢半醒間聽著窗外，剛下課的女生們在樹下聊八卦、課業和愛情，十分鐘就把我一週的話說完了。這個場景大概是我從青春期開始長達十年的縮影，恍神地、疏離地看著世界，不確定是否跟自己有關。

　　雖然嘗試過不同的工作，在廣告公司、私人圖書館、咖啡廳、出版社、補習機構都短暫地待過，但很長的歲月裡，和人事始終隔著一層薄霧。頭腦過載，動筆卻遲緩，或許是把大部分力氣用在了理解和進入生活。大學畢業後，曾有一段短暫的日子開始抄寫紀德日記，希望也能將寫作變成祈禱的姿勢。詩讀得更少，讀就像寫，也需要精神

的投入，讀完一首深度共鳴的詩，要闔上書，深吸一口氣。擔任出版編輯的那一年，我編輯了幾部國內外詩人的作品，也因此遇到助我與臺灣結緣的陳黎老師，陳老師在二〇一七年邀我參加太平洋詩歌節，那是我第一次來到臺灣，也堅定了早已萌生的來臺求學的決心。

在臺的幾年，心諮所的課業和實習占據了大部分時間，相當辛苦，也充實和快樂。我花了許多時間行走、觀察和交談，也開始認識臺灣的歷史，重新理解自己的身分、地域和成長歷程。曾經抽象的困惑有了具體的依託，也有了他人經驗的參照。疫情三年，世界格局與關係在加速變化，苦難的迴響與撕裂之中，身為異鄉人的重要功課，是校準和安放對自我的認同。

重讀和整理詩稿的時候，我發現死亡、睡眠和離散在很早的寫作練習中就凸顯為重要的母題，許多文字是在親友離開、擔任安寧志工的歲月中寫下的，當然還有一些旅行、睡夢的意象和靈感浮現。這些母題，在我的個人分析中也是來來回回反覆討論的核心。這也是我從哲學轉向心理諮商的一個初衷，希望了解具體的人、關係和故事，讓理解和溝通成為可能。二〇一七年，聽聞某個友人自殺的消息之後，我陷入了存在危機的狀態中，那時我還沒有開始學習諮商，隻身來到臺北，在公館的誠品書店看到了賴香吟的《其後》，那也是關於一個明亮生命殞落的故事。書裡有不少的篇幅，是關於她與心理諮商師的故事，那把椅子上的幾年旅程，賴香吟把它比作一趟苦行。她說，兩張椅子之間有時也隔著冰寒的波浪，但畢竟給人寬慰。與我的心理師工作幾年之後，我對這段話有了新的體認。人的內心有部分渴望直面真實，而想遮蔽、遠離的那部分也常常起來鬥爭，難的是在幽暗中停留、度過，直到視野再次變得清晰起來。寫作和分析，都是在試圖做這件事。

　　感謝茱萸和薤弦的邀約，讓這本詩冊成為可能。謝謝帕麗夏應我的邀約寫下真摯而清透的序，二〇一八年一別後始終沒機會再見面，這份友誼一直「微茫而親近」地存在著。能被好友如此深刻地理解和懂得是無上的幸運，也是寫作的意義所在，相知融化了所有遙遠。

　　感謝陳黎老師，總是慷慨地肯定我，很抱歉因為怯場，我總是聽得多而回應得少。感謝畢飛宇老師，花蓮匆匆一別後多次在簡訊中鼓勵我。還有很多師友的提攜和關照，無法一一提及，我珍藏於心。

　　重讀總是無法避免自我評判，但我想留下青春的痕跡是重要的。懵懂和瑕疵，也是真實的一部分，而真實可以讓人們相遇。寫這篇後記時，我又回到了臺北，在書展讀到零雨新詩集中的〈我和 Z〉，感受到某種同頻的感動：

　　　必須要是
　　　全然是自己的時候
　　　我才會看到你

　　我受惠於被文字點亮的時刻，也希望讀到這本詩冊的人，能透過文字體驗到些微的輕重情感，對真實多一分親近。

　　　　　　　　　　　　　　　　　　二零二三年二月　於臺北

語言文學類　PG2909　陸詩叢11

預感：
周欣祺詩選2012-2022

作　　　者／周欣祺
主　　　編／楊小濱、茱　萸
責任編輯／邱意珺
圖文排版／黃莉珊
封面設計／李　揚
封面完稿／魏振庭、李孟瑾

發 行 人／宋政坤
法律顧問／毛國樑　律師
出版發行／秀威資訊科技股份有限公司
　　　　　114台北市內湖區瑞光路76巷65號1樓
　　　　　電話：+886-2-2796-3638　傳真：+886-2-2796-1377
　　　　　http://www.showwe.com.tw
劃撥帳號／19563868　戶名：秀威資訊科技股份有限公司
　　　　　讀者服務信箱：service@showwe.com.tw
展售門市／國家書店（松江門市）
　　　　　104台北市中山區松江路209號1樓
　　　　　電話：+886-2-2518-0207　傳真：+886-2-2518-0778
網路訂購／秀威網路書店：https://store.showwe.tw
　　　　　國家網路書店：https://www.govbooks.com.tw

2024年2月　BOD一版
定價：300元

版權所有　翻印必究
本書如有缺頁、破損或裝訂錯誤，請寄回更換

Copyright©2024 by Showwe Information Co., Ltd.
Printed in Taiwan
All Rights Reserved

讀者回函卡

國家圖書館出版品預行編目

預感:周欣祺詩選2012-2022 / 周欣祺著. -- 一
　版. -- 臺北市:秀威資訊科技股份有限公司,
　2024.02
　面;　　公分. -- (語言文學類;PG2909)(陸詩
叢;11)
　BOD版
　ISBN 978-626-7346-55-6(平裝)

851.487　　　　　　　　　　112022240

主編　楊小濱

詩人，藝術家，評論家。耶魯大學博士，現任中央研究
院文哲所研究員，政治大學教授，《兩岸詩》總編輯。
曾獲《現代詩》第一本詩集獎、納吉·阿曼國際文學
獎、胡適詩歌獎等。著有詩集《穿越陽光地帶》、《景色
與情節》、《為女太陽乾杯》、《楊小濱詩X3》（《女世
界》、《多談點主義》、《指南錄·自修課》）、《到海巢
去》、《洗澡課》，論著《否定的美學》、《歷史與修
辭》、《中國後現代》、《語言的放逐》、《迷宮·雜耍·
亂彈》、《無調性文化瞬間》、《感性的形式》、《欲望與
絕爽》，曾主編《中國當代詩叢》。近年在兩岸及北美舉
辦藝術展，並出版觀念藝術與抽象詩集《蹤跡與塗抹：
後攝影主義》。

主編　茱萸

哲學博士。詩人，青年學者，批評家。現任蘇州大學文
學院副教授，從事現代漢詩研究與當代文學批評。著有
《花神引》、《爐端諧律》、《儀式的焦唇》、《漿果與流
轉之詩》等詩集、論著及編選集多種。獲過多項頗有影
響力的文學獎以及美國亨利·露斯基金會中國詩人譯介
項目獎金，曾受邀出席臺灣太平洋國際詩歌節、美國佛
蒙特中心駐留計畫及韓國第三屆中韓詩人論壇等文學活
動。部分詩作被譯為英、日、俄、韓及西班牙語；入選
過《中國新詩百年大典》、《二十一世紀中國文學大系
·詩歌卷》、《現代漢詩110首》等重要選本。

封面設計：李　揚

周
欣
祺

他們說愛人就像抱水
而最終卻是一些火
和一些浪
教會我們失去
伴我們穿過深深的密林

———〈密林〉

ISBN 978-626-7346-55-6

9 786267 346556 00300

建議分類　華文現代詩